POESIE VARIE E DIALETTALI

Vincenzo Padula

POESIE VARIE

3

AL "NETTUNO"

(5 Gennaio '48).

Deh! lasciatelo solo in mezzo a l'onde,

Eternamente a la balìa del mar...

Fuggi, fuggi da noi — gridan le sponde,

Fuggi — l'eco ripete — e non tornar.

Quando risonerà l'ultimo giorno

Che l'invecchiato mondo avvamperà,

Solo allora ei potrà fare ritorno

A crescer l'ira de l'estrema età.

Ma, fino a quando non sarà quell'ora,

Dovrà sui flutti instabili vagar;

L'ira di Dio che le sue tracce odora,

Lo caccierà da un mare a l'altro mar.

Dategli un vascel negro e senza remi,

Come quel de la morte e del dolor,

Negra la vela, che senz' aura tremi

Col rantolo allungato di chi muor.

Tra il ciel immenso l'esacrato legno

E il mare immenso si vedrà sparir,

Immenso il ciel come di Dio lo sdegno,

Immenso il mare come il suo fallir.

E mentre sorgeran madidi ed irti

I suoi capegli, sotto l'onde udrà

Un labbro mormorar: Non puoi pentirti,

E troppo tardi; o sciugurato, va! —

Ed egli andrà da l'uno a l'altro polo,

Sempre con la speranza d'arrivar;

Ma, sempre maledetto e sempre solo,

Vedrà dopo d'un mare un altro mar.

Su scogli, ove degli aspi odesi il grido,

D'amor frementi sotto l'igneo sol,

Dov'urla il coccodril, che stanco al nido

Porta stretto coi denti il suo figliuol;

Dove, cinti di nembi e di tempeste,

Rischiarate da lùgubre vulcan

L'ultime terre spingono le teste

Spaccate e brulle incontro a l'oceàn,

La nave ei drizzerà spesso anelante,

Cercando un punto ove posare il piè;

Muover terre vedrà, muover le piante,

E fuggire, fuggir dinanzi a sè. —

— E non dimeno, ei non potrà morire,

Ei che la morte un tempo comandò;

Accumulate in lui dovrà soffrire

Le vite di color che trucidò,

L'ire del mare e l'ire de la terra,

Gli spiriti de l'aria e quei del mar

Contro di lui si leveranno in guerra,

Cercandolo ciascuno d'ingoiar.

E con sordo e tremendo mormorìo

Diranno: E fino a quando egli vivrà?

Signor, lo lascia in poter nostro, e Dio

No — egli è vostro fratel — risponderà,

Finchè il tremuoto durerà e la peste,

Ed ogni altro flagello, ei durerà;

Eterno com'eterne le tempeste,

Eterno come l'ira mia sarà.

Soltanto, ad ogni secolo novello,

Che la stirpe rinnova dei mortai,

Quando un' etade scende ne l'avello,

E un' altra sorge a ber l'aura vital,

Da riva a riva il vento e il mio furore

Faran per poco il suo legno apparir,

Perchè il secol che nasce e quel che muore

Lo possano di nuovo maledir! —

— Spesso, intanto, il nocchier che senza stella

Pugna coi flutti frati e col destin,

Sorger vedrà lugùbre navicella

De l'orizzonte a l'ultimo confin;

Che, secura tra i nembi e i folti lampi,

Come il braccio di Dio nuda a metà,

Scivola lenta sui marini campi,

Di remi e vele vedovata, e va.

E al dubbio raggio di sanguigna luna

Vedrà per poco, e poi vedrà sparir

Un uom confitto su la poppa bruna

Con l'occhio acceso, che non può dormir;

E spaventato a quel funereo aspetto

La nave a l'improvviso volterà.

E con la fronte bassa: É Del Carretto!

Sommessamente mormorar s'udrà.

LA COCCARDA

Canzone delle merciajuole

(Acri — 1848)

Siamo brave merciajuole,

Vendiam nastri a tre colori:

Chi ne vuole? chi ne vuole?

Accostatevi, o signori;

Noi per tutto, a questi e a quelli

Gridiam liete: Oh! i nastri belli.

Chi pei nastri amor non ha,

Non può amar la libertà.

Signorina mia bionda,

Presto presto ti marita;

Donna libera é feconda,

Tutt'Italia a ciò t'invita.

Ella ha d'uopo or di novelli

Cittadin' coi nastri belli,

Chi pei nastri amor non ha,

Non può amar la libertà.

Questo nastro sopra il core

Tu porrai del caro amante:

Talismano è dell'amore,

Chi lo porta è ognor costante:

Del corpetto negli occhielli

Lega a lui quei nastri belli.

Chi pei nastri amor non ha,

Non può amar la libertà.

E tu, donna, a cui fortuna

A buon tempo un figlio ha dato,

Deh! gl'intreccia sulla cuna

Del fanciullo avventurato;

Gli baleni sui capelli

Lo splendor dei nastri belli.

Chi pei nastri amor non ha,

Non può amar la libertà.

Libertà così gli copre

Con le penne il bel visino:

A gran sensi ed a grand'opre

Ei si educa da piccino:

Fatto adulto coi fratelli

Pugnerà pei nastri belli.

Chi pei nastri amor non ha,

Non può amar la libertà.

E tu, vecchio, a cui si piega

Nella fossa il piè già stanco,

La parrucca te ne lega,

Te ne adorna il crine bianco;

Dentro l'ombre degli avelli

Scendi poi co' nastri belli.

Chi pei nastri amor non ha,

Non può amar la libertà.

Con sorpresa ti vedranno

Gli avi, ahimè! ch'orbi di spene

Quest'Italia nell'affanno

Già lasciar delle catene.

Ma tu lieto a questi e a quelli

Corri e grida: Oh! i nastri belli!

Chi pei nastri amor non ha,

Non può amar la libertà.

Sacerdote! una parola:

Quest'è tua, se Dio ti guarda.

Sulla cotta e sulla stola

Quant'è bella la coccarda!

Sul Calvario a' suoi fratelli

Cristo disse: Oh! i nastri belli!

Chi pei nastri amor non ha,

Non può amar la libertà.

Ora addio. Mercé infinita

Della vostra cortesia.

La Venezia a sè c'invita,

Verso Roma il Ciel ne avvia;

A Merode e ad Antonelli

Grideremo: Oh! i nastri belli!

Chi pei nastri amor non ha,

Non può amar la libertà.

SUPPLICA DEI CITTADINI

DI ACRI

a Ferdinando II

Noi, cittadini della terra di Acri,

proprietari per diritti sacrì,

canna d'India col pomo avendo in mano,

prostesi sotto il tuo soglio sovrano,

imploriamo della tua Maestà

che non ci voglia dar la libertà.

Noi, figli spúrii degli eroici ladri,

che, cavalcando sulle nostre madri,

fecero al mille ed ottocento e sei

scempio dei liberali infami e rei,

e a noi ne dîer le spoglie sanguinanti,

e amici al trono si chiamâr briganti;

noi tutti siamo, e non v'è alcun che il crede,

figli e seguaci della Santa Fede.

Onde, in ginocchio, e con le braccia al petto,

domandiamo Code e Del Carretto;

la Costituzione é un'eresìa,

tolgasi, e torni a noi la Polizia.

Vogliamo il dritto mantenere dire

spropositi a bizzeffe e oprar delitti,

senza che alcun ne osasse contradire;

e, se altri non volessero star zitti,

ci sia permesso di accusar quei tali,

ed in un amen trarci tanta noia,

dritti, dritti mandandoli dal boia.

Tener d'intorno a noi pur ne bisogna

quei rutti dal capestro e dalla gogna,

quella turba di sgherri e di guardiani,

che stanno a noi siccome ai ladri i cani,

per attizzarli contr'ogni uomo inetto,

che osasse a noi di perdere il rispetto.

. . . .

Ahimè! che han detto abbasso agli oliveti,

ai querceti, ai gelseti, ai castagneti;

han detto abbasso al Sindaco, al Supplente,

al primo Eletto e al comunal servente,

come se tutti questi officîali

fossero in classe ancor coi vegetali!

1849

SERENATA

Quando la rosa il calice odorato

Chiude e dorme col collo in giù piegato,

Il rosignuol che tra le siepi posa

Sfoga col canto il suo tenero duol.

O Giovinetta mia, tu sei la rosa,

Io son l'innamorato rosignuol.

Tu dormi, ed io qui sto

Vegliando, come in ciel veglia ogni stella.

Risvégliati, risvégliati,

Chè le mie pene vo'

Contarti, o Bella.

Vegliano in ciel le stelle, e un firmamento

E il tetto, in cui tu brilli, astro d'argento.

Quanto son care queste case attorno!

Quante memorie ha questa via per me!

Qui fanciullo io solea più volte al giorno

Fare alle braccia, e ruzzolar con te;

Ma quel tempo passò

Come l'aura, che il crin or m'inanella.

Risvégliati, risvégliati,

Chè le mie pene vo'

Contarti, o Bella.

Dal balcon, sotto al quale ora mi assido

Delle rondini tue rapivo il nido,

Ovver con lunga canna in su la sera,

(Te lo rammenti?) io t'involava i fior;

E tu te ne sdegnavi, perchè altera,

O Giovinetta mia, tu fosti ognor;

M'altri fior voglio mò

E cerco il nido d'altra rondinella;

Risvégliati, risvégliati,

Chè le mie pene vo'

Contarti, o Bella.

Tu mi hai rapito con quel tuo bel viso

Dagli occhi il sonno, e dalla bocca il riso,

Quando, quando, o crudel, mi pagherai

Il sonno, che finor perdei per te?

Fa' che io ti dorma in grembo, e tu darai

Alle mie pene la miglior mercè,

E più pago sarò

Se allor mi copri con la tua gonnella.

Risvégliati, risvégliati,

Chè le mie pene vo'

Contarti, o Bella.

Tre fila d'oro, e di corallo eletto

Al niveo collo tuo fanno cerchietto:

Legata a quel di mezzo é l'alma mia,

Che (poverina!) spenzolon vi sta

Qual farfalla aleggiando per la via,

Che il tuo petto divide in due metà.

Ah! perché mai non può

Giungere il bacio mio dove sta quella?

Risvégliati, risvégliati,

Chè le mie pene vo'

Contarti, o Bella.

Svégliati: a che dormir, se dormi sola?

Come devi gelar tra le lenzuola!

Sembri la Luna solitària e mesta

Di nubi bianche dentro un Baldacchin:

O Giovinetta mia, pietà mi desta

Il tuo frigido letto, e il tuo destin.

E come starsen può

Di notte sola sola una donzella?

Risvégliati, risvégliati,

Chè le mie pene vo'

Contarti, o Bella.

Ma il cielo imbianca, ed io men vado.

Addio! Addio, porte e balcon dell'Idol mio!

S'ella non mi ascoltò, domani all'ora

Che svegliasi, deh! ditele per me:

Il tuo amante infelice, o mia signora,

Fu quì stanotte a sospirar per te;

Ma invan pianse, e pregò

Cantando al gelo di notturna stella.

Risvégliati, risvégliati,

Chè le mie pene vo'

Contarti, o Bella.

Acri 27 luglio 1847

ALLA SIG.RA IRENE VALIA

nel suo onomastico

A te, che chiudi sotto chiome bionde

maturo senno e generosa mente,

a te, su la cui fronte a l'ala ardente

del Genio la sua bianca Amor confonde;

a te, il cui dotto e roseo labbro effonde

di sermoni diversi il suon fuggente,

e chi ti ascolta dubbio fai sovente

se anche d'anime un coro in te s'asconde;

a te, che bella come Palla e fiera,

ad alti studi intendi, e protettrice

sei d'ogni ingegno e d'ogni gloria vera,

ardo incensi, offro voti al dì felice

del tuo bel nome, e sappi che l'intera

riconoscenza mia labbro non dice.

5 aprile 1854

ALL'AMABILE C. C.

Come al tempo genti! di primavera
susurran mattutine aure amorose,
la placida scuotendo ala leggera
sul fresco olente praticel di rose:

simili le tue voci armonïose
suonano in bocca assai più lusinghiera,
ove par che incantando, aura si posa
di vezzi e grazie vergini una schiera:

e come ergonsi liete in su lo stelo
quelle dell'aure al genïal favore,
il seno aprendo ai dolci rai del cielo,

così si desta ancor l'egro mio core,
e di mestizia dispogliando il velo,
apresi alla speranza ed all'amore,

SE FOSSI IO MAGO!

(Acri – 1844)

Se fossi io mago! Un fresco zeffiretto

A gonfiarti le vesti io mi farei,

Le rose e i ggli a ti lambir del petto,

A confonder coi tuoi gli aliti miei.

Se fossi io mago! Il lume diverrei,

Che, quando dormi, t'arde accanto al letto;

Da te nutrito e prigionier vivrei,

Cangiandomi nel tuo rosignoletto.

Se fossi io mago! Nuvola leggera,

In grembo ti tôrrei quando all'aurora

Cogli nell'orto i fior di primavera.

Trarriaci il vento dalla terra fuora;

E tu, lontana da tua madr'austera,

Al tuo bel mago che diresti allora?

L'OCCHIO DI LEI

Siccome l'ala d'una rondinella

S'apre ed abbassa e sopra il fonte oscilla,

Tal la palpèbra della mia donzella

Si chiude ed apre sulla sua pupilla;

Sulla nera pupilla, ove una bella

Imagine di Lei ristretta brilla

La qual rassembra sua minor sorella

Prigioniera di brina entr'una stilla.

Io m'affiso in costei tra ciglio e ciglio;

Ella ride, e par dica: Or veder puoi

Quant'io piccina alla maggior somiglio.

Onde lascia la man, lascia il ginocchio,

Lascia la bocca, e 'l seno; e, se Lei vuoi

Tutta quanta baciar, baciale l'occhio.

A TERESA X.

Che per averla chiamata con altro nome mi disse: E che? non mi riconosci?

(Cosenza — 1845)

Ti riconosco. Chi una volta il vide

No, non lo scorda quel leggiadro aspetto.

Parte, ma la tua immago gli s'incide

In fondo agli occhi, in fondo all'intelletto;

Ove ch'ei muova, la gli appare e ride

Sotto le forme d'ogni vago obbietto,

E l'accompagna come la speranza,

Che a chi tutto già perse ultima avanza.

Ti riconosco al fremito fuggente

Della serica veste, che risuona

Com'il frullo dell'ala rifulgente,

Che d'un angelo copre la persona;

Ti riconosco alla fragranza, uscente

Da quella di capei negra corona,

Che a te la fronte immacolata vela,

Come la nube, ove il Signor si cela.

Ti riconosco al suon dei piè divini,

Che corron sul tremante pavimento

Siccome due colombi pellegrini,

Come due globi lubrici d'argento;

Ti riconosco quanto t'avvicini,

Al repentino palpito che sento,

A quel solco di luce che tu lassi

Nell'aria aperta, in mezzo a cui trapassi.

Come di te potrei scordarmi? A lago

Traslucido somiglia il cuore mio,

A lago, ch'in sue linfe accoglie il vago

Ordin degli astri, e 'l lume lor natio,

Ma non degli astri, no, bensì l'immago

Di te maggior tra quante opre fe' Dio,

Mi si specchia nel cuore innamorato,

Come l'ombra di Lui sta sul crëato.

O immemor forse parvi a te, se in quella

Che ti rividi, il nome tuo sbagliai?

Ah! tu eri allor così stupenda e bella,

Che tutta la mia vita era ne' rai;

Mi mancò l'intelletto e la favella,

Ed altro che il tuo nome io balbettai.

Ma qual nome è poi tuo? Mortale ingegno

Pensar può un nome, che di te sia degno?

Tutt'i nomi son tuoi; tutt'i più belli,

Onde donna chiamar suolsi tra noi,

Numera a senno tuo vecchi e novelli,

E di lor scegli il più gentil che vuoi.

Scegli, ma sappi che nessun di quelli

Significa il minor de' pregi tuoi:

Tutt'i nomi ha pur Dio; ma è sì sublime

La natura di lui, che niun la esprime.

Addio! Perdona ai versi miei l'ardire,

Ed in una li leggi ora segreta.

Tempo verrà che ti fia vanto il dire:

Io fui lodata da un gentil poeta,

E a me sarà conforto, allor che l'ire

Del ciel la vita mi faran men lieta,

Il dir: di donna sotto le divise

Quaggiù un angel m'apparve e mi sorrise.

IL RITORNO A MARIA

(Acri — 1848)

Cacciato dal bisogno, ai mie', verd'anni

Da terra a terra pellegrino andai,

Posi in oblio la patria', e i suoi tiranni;

Di te sola però non mi scordai.

Il rigor della sorte, e i trist'inganni

Degli amici più fidi ahimè! provai;

Solo amor mi potea calmar gli affanni,

Ma mi fe' mill'inviti, e non amai.

Or riveggio i miei monti, e così veri

Mi rinascono in cor gli antichi affetti,

Che di averti mi par lasciato jeri.

Libertade cangiò tutto in un'ora,

Ma non cangiò la fede, ch'io ti detti,

E se libero è il mondo, io servo ancora.

I FIORI

(Acri — 20 ottobre 1848)

Passò la Giovinezza, e un bianco fiore

Celato ancor nel calice

Sul crine mi lanciò.

Stolto! non ne sapea tutto il valore,

Ed inusato e sterile

In breve si seccò.

Passò la Pöesia, e un verde fiore

Sull'ispirata cetera

Mi venne a collocar;

Ma l'ire della sorte, ed il livore

Della maligna patria,

Ahimè! lo disfrondâr.

Passò una giovinetta, e un rosso fiore

Con atto melanconico

Mi pose in mano un dì:

Tutto tremante me lo strinsi al core,

M'ahimè! non fu durevole,

La sera inaridì.

Passò la Libertade, e 'l terzo fiore,

Gli altri due primi unendovi,

Al seno mi annodò.

Volli fiutarli, e non mi dier odore,

Onde la man strappandoli,

A terra li buttò.

Passa or la Morte, ed un arcano fiore

Mi mostra sul Calvario

Di negra croce a piè:

Difficile è la via, ma tu, Signore,

Fa ch'io lo possa cogliere,

E trovar pace in te.

LA MIA FANCIULLEZZA

(Acri — 10 novembre 1848)

Entra il nocchier nell'onde irate e crude

Ed a mirar si volta

Il terreno natio,

Del pian, del monte le bellezze ignude,

E il suon de' bronzi ascolta

Da cui gli parla un Dio;

Come un bel sogno, come una speranza

Sopra i colli cadenti,

Sotto il bruno orizzonte

L'immagin della patria ondeggia e danza.

La dileguano i venti,

Ed ei bassa la fronte.

Ed io, cui caccia sdegno di fortuna

Pellegrino per questo

Mondo infido e bugiardo,

A mezzo della via selvaggia e bruna

Spesso mi fermo e mesto

Oltre le spalle guardo.

Guardo e chieggo le splendide riviere,

Cui tornar non si puote,

Della mia fanciullezza,

Quelle sedi d'incanti e di chimere,

Di melodie devote,

E di perenne ebbrezza.

O sacro focolar de' miei Penati!

O lunghe sere iberne!

O sorrisi! o parole!

Volti di padre e madre, incoronati

Dalle sembianze alterne

Della crescente prole!

Morte, Tempo e Fortuna hanno pur molti

Fior' rapito a quel serto

Di suore e di fratelli:

Noi ci baciammo, e in varia via rivolti,

Parte pigliò il deserto,

Parte pigliò li avelli.

Chi mi torna a que' tempi, a quella calma

Quando fanciul seduto

D'inverno al focolare,

Poggiando il mento sulla chiusa palma,

Bevea con gli occhi, muto,

Quelle sembianze care,

Mentre sul tetto acuta tramontana

Metteva un lagno fioco

Attorno a noi festanti,

Come il rumor della nequizia umana,

Che indarno assalta il loco,

Dove posano i Santi?

Anima mia, quant'eri bella allora!

Quai fantasie dorate

T'aleggiavano in mente!

Dello sterile vero ignara ancora,

Tu credevi alle fate,

E a lor verga possente:

Fole ingegnose, che l'etade antica

Del genio sotto l'ali

Immaginò primiera,

E che, a blandirmi il sonno, la pudica

Madre sopra il guanciale

Mi deponea la sera.

Ed io, vedendo nel mattin la bianca

Nebbia dai patrii rivi

Sollevarsi, qual suole,

E andar qua e là come persona stanca

Pei colli, e tra gli olivi

Sperdersi ai rai del sole,

Sono fate, io dicea, che mattutine

Cercan d'amor commosse

I giovanetti amanti;

E l'Iri arcata sopra le colline

Credevo il cinto fosse

Di lor divini infanti;

E desïavo esserne preda, e accolto

Viver nei lor palaggi

Di rubini e diamanti,

Ch'io immaginava nel volubil volto

Delle nubi, onde i raggi

Son del tramonto infranti.

O soave delirio, o fantasia

Di quegli anni innocenti,

Quando con l'ampia mole

Degli esseri io mescea la vita mia,

E mi parean viventi,

E pieni di parole!

Quell'estasi or dov'è, che mi velava

Le pensose pupille

Quando moriva il dìe?

Quando la neve in bioccoli calava

Sulle tacite ville,

E le solinghe vie?

Quando cadea la grandine saltante,

O piova mansueta

Sopra il paterno tetto,

Cui nel sonno comune io vigilante

Udiva, ed inquieto

Sentia battermi il petto?

Dov' è la gioia, onde c'empian le prime

Frondi, e dell'aspettate

Rondinelle il ritorno?

E del mar lo spettacolo sublime,

E le notti stellate,

E la beltà del giorno?

Dov' è quel caro orror, quella paura,

Che ci piovea nell'alma

Per un essere ignoto,

La solitudin della notte scura,

Delle selve la calma,

Delle campagne il vuoto?

Bella era allor Natura, immensa e bella,

Perchè mastro primiero

Fu del nostro intelletto

Una donna, una madre, e pose in quella

Come donna il mistero,

Come madre l'affetto.

E natura era a noi quale un' amante,

Che si adora e si teme,

Che ci affligge e ci bea;

Goder vorremmo sue bellezze tante;

Pur di sue gioie estreme

Ci spaventa l'idea.

Deh! perche allora io non son morto? I lumi

Chiuso gli angel col lembo

Mi avrian delle bell'ali.

Morto, qual muore un fior, che i suoi profumi

Reca chiusi nel grembo

Sconosciuti ai mortali?

Qual frutto io colsi di mia triste vita?

Gli uomini m'han distrutto

Quel che mi diede Iddio,

La schiettezza, la fede, l'infinita

Gioia, la speme e tutto

Ch'ebbi dal nascer mio,

Or meschina ed esanime figura

Senz' occhi, senza riso,

Senz' accenti e colore

Veggio passarmi innanzi la Natura;

Nè destarmi un sorriso,

Nè paura, nè amore;

E guardo senza gioie e senz'affanni,

Nascer, morir la luce,

Nascer, morir la sera;

Nè più numero i giorni, i mesi e gli anni,

Ma sto tranquillo e truce,

Come chi nulla spera.

Ahimè! La vita è qual del vecchio Atlante

L'incantato castello

A tutt'i gaudii aperto:

Come ne furo l'olle arcane infrante.

Non apparve più quello,

E rimase un deserto.

Ragion, ch'esplora delle cose in fondo,

E il cor guasto ed infranto

Degli uomini alla scuola

11 segreta rapito han pur del mondo,

Sicchè rotto è l'incanto,

E tutto apparve fola.

Il piede innanzi, ma in addietro il viso

Dall'Angelo incalzato

Rivolgeva il prim'uomo;

Ed io pur dell'infanzia il paradiso

Guardo, dov' ho lasciato

Dell'innocenza il pomo;

Guardo, e sospiro, e mentre il corpo oppresso

Da fortuna nemica

Invecchia innanzi sera,

Vorrei che l'alma almen, ch'alberga in esso,

Ritornasse all'antica

Fanciullezza primiera.

E piango. E tu, o Signor, che vedi il pianto,

Che amaro mi distilla

Sovra il pallido volto,

A questa mia miseria il lume santo

Volgi di tua pupilla,

E da' ai mie' preghi ascolto.

Togli, togli all'indocile intelletto

I sogni ed i deliri

Dello scibile umano,

Perchè di nuovo con semplice affetto

In ogni cosa io miri,

E cerchi la tua mano.

Togli al mio cor lo sdegno ed il disprezzo,

Che per loro insegnato

Mi hanno gli uomini stessi;

Creda alla lor virtude, e gli abbia in prezzo,

Nè mi stimi ingannato

Correndo ai loro amplessi.

Ridona all'alma quella pia paura,

Quella fè, quel terrore

Per le potenze ignote,

Quando la pargoletta anima pura

Confessava ogni errore

Col pallor delle gote,

E pensando alla piccola menzogna,

Di cui rea si sentia,

Spargea dirotto pianto.

Mio Dio, mio Dio, quel pianto or mi bisogna

Per terger l'alma mia,

Ed il mio cuor affranto.

Or piango io sí; ma amaro è il pianto; è figlio

D'ira e ambascia infinita,

Ovver non piansi io mai.

Oh! bagnami qual pria, bagnami il ciglio,

E toglimi la vita,

Poichè fanciul tornai.

A NOBILE SIGNORA,

che, fresca di parto, dava latte

al suo primo nato

(Cosenza — 1864)

I.

Il colmo seno, che ad Amor fu letto,

Velata fronte ad ogni sguardo ascosa,

Fu sino ad ora, o donna, al solo aspetto

Conceduto di lui, che ti fé sposa.

Gl'invidi lini or ne rimuovi, e schietto,

Qual'ara dove in marmo un angiol posa,

Carco del figlio, mostri a tutto 'l petto,

E in questa io ti mirai vista amorosa.

Dimmi: chi è più felice? Egli, che, nato,

Di quel candor si pasce, e apprende il riso,

Da' tuoi materni palpiti cullato;

O tu, che, lento in giù chinando il viso,

Di lui ne l'occhio, sopra il tuo fisato,

Miri un lampo passar di paradiso?

II.

In cielo e in terra segue l'Arte l'orme

Del visibile Bello e del Sublime;

Poi dà, incarnando il suo concetto informe,

Alma a le tele, a' marmi, alma a le rime:

Ma dove di codesto angel le forme

Pigliasti, o donna, e le sembianze prime,

Quando al consorte, in un desio conforme,

Davi la gioia, che ogni duol redime?

Sospirasti, piangesti! e 'l seno oppresso,

Perdendo in mezzo ai palpiti 'l respiro,

Chiuse i gaudii del cielo in un amplesso.

Ebben! quel pianto, che tremò sul ciglio,

Quel palpito, quel bacio, e quel sospiro

Eran, mel credi, o donna, eran tuo figlio.

III.

L'antica colpa, che le figlie di Eva

Fè ligie al sesso più crudel che forte,

E ancor tra tanta libertà le aggreva

Di civili e domestiche ritorte,

Pietade in viso a te spesso poneva,

E d'esser donna ti rincrebbe forte;

Ma or che il tuo braccio un pargolo solleva,

Qual'è sorte miglior de la tua sorte?

Mostralo al cielo, mostralo a le stelle,

E col gaudio sublime, onde il Fattore

Mirò danzar le prime cose belle,

Dì': Soltanto a la donna il divin fato

Diè la possa creatrice e il primo onore:

Questo infante sì bello io l'ò crëato!...-

ADDIO A DUE

NOBILI GIOVANETTE

Tra l'ombre meste e le continue spine,

Che ingombrano il cammin della mia vita,

Dio mi fece apparir due pellegrine

Sorelle ornate di luce infinita.

Mobile l'una al par d'aureo serpente

Snoda la vita facile e leggera,

Sembra uno svelto salice piangente,

Scosso da un venticel di primavera.

E, quando ritta in pie, guarda le stelle,

Erge un collo di cigno, e sulla vita

Tiene conserte le manine belle,

L'anima altrui la guarda isbigottita,

Ed un palpito prova ed un desio

D'inginocchiarsi, collocar la testa

Sotto i suoi piedi, e dirle: Angiolo mio,

Cammina sul mio collo, e mi calpesta,

E la sua limpid'alma un firmamento

Che aura non turba mai, nè nube imbruna,

Un volubile e bel rivo di argento,

Che specchia nel suo sen gli astri e la luna.

A lei vicino, il tuo pensier si calma,

E in dolci fantasie spazia e sorvola;

Religiosa ti diventa l'alma,

Ami guardarla senza dir parola. —

Come cristallo di fontana ombrata,

Balenano dell'altra le pupille;

Bruno è il lampo che n'esce, e la bassata

Palpebra ne divide le scintille.

Timida sembra, ma nel vero é un lago

Addormentato ai raggi della luna:

Liscio appare di sopra il flutto e vago,

Ma di amor mille nembi in seno aduna.

La sua bellezza non si svela intera,

Ne a un tratto quanto vale altri l'apprezza:

La sua mente, il suo cuore è una miniera

Di grazia, di pudor, di tenerezza;

E più vi scavi, e più la trovi bella;

E più la studii, e più ti appar gentile:

L'amor, cui spira, è placida fiarnmella,

Che ti riscalda come sol d'aprile. —

Furono queste le fanciulle elette,

Che Dio fece apparirmi una mattina,

E queste due creature benedette

Si chiamano . . . .

Ed or debbo lasciarle, e senza il loro

Benigno lume vivere deserto?

La mia fu dunque una visione d'oro,

Un sogno, che mostrommi il cielo aperto?

Dai cari luoghi l'augellin si parte;

Ma innanzi di partir, vi lascia un segno,

Vi lascia un canto, e poche piume sparte,

Di dolore e di amor fugace pegno.

Ed io pure, o bennate giovinette,

Io pur sono un augello pellegrino,

Che va da loco a loco, e 'l piede mette

Non sulla rosa mai, ma su lo spino.

Adunque, addio! la mia canzon leggete,

Pegno della mia stima e del mio amore;

E se di questa mal contente siete,

Belle fanciulle mie, vi lascio il core.

ALLA CROCE

(Acri — 1848)

Piegatevi, o ginocchia, e voi vi alzate

Mani devotamente,

E lì quell'umil croce salutate

Che s'imporpora ai rai del sol cadente.

Quell'umil croce, che c'insegna il prezzo

Dell'anima immortale,

Che innanzi a lei si spicca con disprezzo

Dal mondo, e verso il cielo impenna l'ale;

Quell'umil croce, che ai dolori invitto

Rende l'animo mio:

Deh! perchè ti quereli? In me confitto,

Ella mi dice, e in me sofferse un Dio.

Quell'umil croce, che ci aperse il cielo,

E debellò la morte:

Trofeo glorioso, da cui pende un velo

Molle di sangue sull'empìree porte.

Alber mesto e sublime, che locato

Sul sentier della vita

Sotto di se l'uom stanco ed affannato

Dal cammin lungo a riposarsi invita,

Fregio, che adorna la regal corona

Ed il plebeo capanno:

Al Prence dice: Al popolo perdona,

E si servo di lui, non già tiranno.

E soggiunge al plebeo: Dio nacque, e il sai,

Nel tuo tugurio umile.

Amami, e prega, nè ti creder mai

Che per amarmi tu debba esser vile.

O Santa Croce! oh, quale in me si desta.

Soave sentimento,

Qualor sui monti in mezzo alla tempesta

Veggo una quercia, che disfida il vento!

L'ASSUNTA

(1845)

45

Non è morta; ma dorme

La real donna: cùpido

Lo spirto settiforme

Cadde di Lei sull'anima,

Qual giá stette sull'acque.

In cui la terra giovinetta giacque.

Sotto le calid'ale

Ella riposa, e palpita

Di suo sposo immortale;

E così langue, e struggesi

Nell'amplesso potente,

Che scolora il bel viso, e più non sente.

Della turba duodena,

Che cinge il casto talamo,

Ode però la pena,

E quel, che sul profetico

Volto antico deriva

Pianto, e pietosa vorria dir: son viva!

Divo peso ed amato

Di notte sui lor' omeri

Passa il corpo ignorato:

Nè il cieco mondo avvedesi,

A veglie oscene intento,

Che spariva sua Donna in quel momento.

Aprì il seno la terra,

Dolorando, ed attonita,

Perchè ugual fato serra

In sue misere viscere

Insiem con gli altri rei

Infelici suoi nati anche costei.

E con quell'alme e sante

Membra in grembo, ella stettesi

Come donna pregnante,

Che sente a un tratto rigida

Del casto sen la mole

E il peso inerte della morta prole.

Pure, l'ira divina

Volgendo nel cor memore,

Che del fuoco destina,

Nei novissimi secoli

Parto all'ire nemiche

L'avido volto, e le sue membra antiche,

Pensò che le varrìa

Contro il fatale evizio

L'avello di Maria,

E confortassi. Misera!

Ignorando che morte

Vincere non potea là donna forte.

Qual, di pudore accesa,

Dall'animata costola,

Sul manco piè sospesa,

Nudo fidando all'aere

L'agil corpo, e le braccia

A Dio sporgendo, e la ridente faccia,

Surse l'angelica Eva,

Dubbia intorno mirandosi;

Così Maria sorgeva,

Novella madre, inizio

Di più santo costume,

D'altra umana famiglia, e d'altro Nume.

Era bello il crëato,

Come il giorno, ch'emergere

Dall'oceano abbassato

Si vide, e il negro vertice

Dei monti sporger fuore:

E del pacato ulivo il verde onore;

Mentre le molli chiome

Il sol tergeasi, ed ilare

Movea sull'onde dome,

Mentre i campi fumavano,

Ed all'Arca corona

D'Iri facea la non più vista zona.

Beata! il piè divino

Del ciel per l'arduo concavo

Sospinse; e del cammino

Stanca, sui candidi ómeri

Del figliuol si sostenne,

Che riverente ad incontrar la venne.

Già, qual naufraga nave,

Nel sottoposto óceano

Del liquido aere grave

Senza posa discendere,

Decrescere, affondarsi

Ella vedea la terra, ed oscurarsi.

E rivoltasi al figlio:

"All'amor tuo confidola;

"In quel terreno esiglio

"E la mia cava, ospizio

"De' miei primi anni, disse;

Poi, levando la man, la benedisse.

Con le conserte piume

L'aer puro e cedevole

Aprivano, e le brume

E i venti allontanavano

Dai virginali avori

Mille schiere di spinti canori.

Tra le cuspidi aurate

Delle stelle, che, cupide

Della regal beltate,

Intorno a lei batteano

Nel liquido aere, quali

Nuotanti augei le lucidissim'ali,

Impigliossi sovente

Suo crin lungo e volubile,

Onde il trasse repente,

E sel versò sugli ómeri,

Recando in fra le anella

Qualche, che negò sciorsi, avvinta stella.

In regïon segreta,

Astro ribelle e livido,

Si vide la cometa

Di real sangue lurida

in sua rapida ruota

Ammirando, guardarla, e starsi immota

E col prolisso crine

Lambir di lei le madide

Membra, e trame le brine,

E la terrestre polvere,

Ond'ebbele consperse,

Quando surse da terra, e al cielo s'erse,

E più di un astro estinto,

Il qual, vasto cadavere,

Senza legge sospinto,

Giaceva in fondo al báratro,

Surse a vita novella,

Tocco dal piede della donna bella.

Ma già i dorati merli

Dell'immortale Solima

Appellano, e vederli

Ella potea da cupidi

Spirti bianco − coperti,

Che attendevano Lei con verdi serti.

D'esser nuda arrossío

Allor la diva Vergine,

E l'immenso rapio

Al ciel manto ceruleo,

E, tutta in quello avvolta,

Bella si mise fra la gente accolta.

Però umile s'invola

Al riverente esempio

Della turba, e va sola

Per l'infinito elisio,

Chè sè immerita crede

Ad occupare la più bassa sede.

Se non che, Dio chiamolla;

E qual pargol, che timido

Della mirante folla

Cela il capo nel niveo

Caro seno materno,

Tal si versò di Dio nel grembo eterno;

Il qual strinsela, e rise,

Ed il crine volubile

Sul fronte le divise,

E l'adagiò, baciandola,

Nella sede primiera

Alla sûa più vicina, e disse: Impera!

AVE MARIA!

Preghiera d'una fanciulla

(Sammarco Argentano — 1847)

Peccatrice e poverella

Tra gli affanni della vita,

O Maria, vergine bella,

A te corro e cerco aita:

Con le braccia giunte al petto

M'inginocchio al tuo cospetto.

Il mio sguardo avido vola

Sopr' il fior di tua beltate;

Panni udire una parola

Dalle tue labbra rosate,

La qual dica: Che desia

Il tuo cor, figliuola mia?

Cara madre! altro non voglio

Che guardarti in tutte l'ore;

Su' gradini del tuo soglio

Io vo' struggermi d'amore,

Vo' versare un lieto pianto

Tra le pieghe del tuo manto.

Voglio darti quel saluto,

Che ti diè l'angiol cortese,

Quando, ai tuoi piedi caduto,

Pel suo Dio sposa ti chiese,

E con tremula e soave

Voce disse: O Vergine, Ave!

Or perchè non posso anch'io

Possedere un Angioletto,

Che con lieve calpestio,

Quando a sera vado a letto,

Visitando la mia stanza,

La riempisse di fragranza?

E d'intorno a me correndo,

M'afferrasse per la gonna,

Carezzandomi, e dicendo:

Ti saluta la Madonna,

Che mi manda da lontano

Tuo fedele guardïano .

Poi, spegnendo a un tratto il lume,

L'origlier mi componesse,

Poi le molli argentee piume

Sopr' il viso mi stendesse,

A vegliar stando amoroso

Il mio placido riposo?

Madre! Madre! il mio desio

Non guardar con occhi irati.

O superba che son io,

Se con tutt'i miei peccati

Un onor cerco, che spetta

A te sola, o Benedetta!

A te sola, che tu sola

Del Signor sei calamita:

Bella assai fu la parola

Ond'Ei diede a te la vita,

Ei ch'oprò mille anni e mille

Sol per far le tue pupille.

Tutte in ciel pose le stelle,

Tutte le acque in l'oceáno,

E le grazie sue più belle

Di te chiuse nella mano,

Quando china ai suoi ginocchi

Tu bassavi i tuoi begli occhi.

Vago allor di tua fortuna,

Ti coprìa d* un aurea vesta,

Ti poneva ai pie' la luna;

Ti poneva il sole in testa,

T'ingemmava la persona,

Ti cedea la sua corona.

Grazïosa! una parola

Odi, un voto, e me lo adempi:

Una grazia sola sola

Deh! m'accorda, e 'l cor me n'empi.

Lassa me! non ne ho nessuna;

Tu n' hai tante...! dammene una.

Se tu al riso il labbro accendi,

Se tu giri i rai celesti,

Se la mano apri e distendi,

Se ti ondeggiano le vesti,

Vesti e man, labbra e pupille

Piovon grazie a mille e mille.

Piovi dunque. Io, come vedi,

Delle colpe immersa in fondo,

Me ne sto sotto i tuoi piedi

Come fiore sitibondo,

Aspettando finchè cada

Su di me la tua rugiada,

Piovi, piovi! E poi se Dio

(Tremo a dirlo) mi condanna,

Un tuo semplice desìo

Può strappargli la condanna,

Può... ma dimmi che non puoi,

Cara madre, se tu vuoi?

Non è ver ch'egli si specchia

Nel tuo viso e si consola?

Ten sovvenga, e nell'orecchia

Per me digli una parola,

E 'l Signor gli sguardi irati

Chiuderà sui miei peccati.

Ei sta teco. A lui d'intorno

Godi avvolgerti, o regina;

Tu suo trono, e suo soggiorno,

Tu suo letto, e sua cortina;

Lui non cape cielo e terra:

Solo il tuo seno lo serra.

E però tu sei la donna

Tra le donne benedetta,

Di onestà vera colonna,

Senza macula concetta,

Tra le vergini leggiadre

Vergin pura, e pura madre;

Benedetta dal Signore,

Benedetta in tutti gli anni,

Dai profeti nell'amore,

Dalla Chiesa negli affanni,

E dagli Angioli e dai Santi

Genuflessi a te davanti.

Cielo, stelle, terra, mare,

Luna, sole, uccelli e fere

Te li vedi ai pie' passare

Tutt'i dì, tutte le sere,

E sclamare: O Donna eletta,

Benedetta! Benedetta!

Ed io pure, o madre bella,

Benedico la tua cuna,

La tua madre vecchierella,

Che mertò tanta fortuna,

Benedico del tuo core

Ogni gioia, ogni dolore;

Quella bocca, onde dicesti:

Del Signore ancella io sono!

Quel bel fianco, in cui chiudesti

La salute ed il perdono;

E del sen le nevi intatte,

Dove un Dio bevve il tuo latte.

Tu per me Lui prega intanto

Che mi campi d'ogni male,

Tu mi copri col tuo manto

Glorïoso e trïonfale,

Benedicimi, e tranquille

Volgi a me le tue pupille.

E allor quando l'ora scocca

Di mia ultima agonia,

Col tuo nome sulla bocca

Vo' finir la vita mia,

Sul tuo seno addormentarmi,

Ed in cielo risvegliarmi.

POESIE DIALETTALI

"S. FRANCESCO DI PAOLA"

Sampranciscu, mari mia,

sienti mo 'ssa canzunella,

chi mi dissi nanna mïa,

'n tiempu 'e viernu, alla furnella.

- Mamma tua stava sdingata

ch'era senza 'na speranza,

de chi s'era maritata,

'e 'ngrossari cchiù la panza.

'U maritu alla mugliera

l'afferrava pe' li trizzi:

li facìa 'na sonagliera

'e patati e cipullizzi.

E pe' tuttu chissu affannu,

senza scarpi e bantisinu,

mamma tua jia pregannu

alla ghìesia ugne matina;

e dicìa: — Madonna mia,

chi cunsùli l'orfanielli,

tutt' 'u juornu 'mmienzu 'a via,

'ncudinudi e povarielli;

fammi a mia puru 'na grazia,

ca marìtuma è sdingatu,

c' a tant'anni, (è 'na disgrazia!),

iu 'nu figlìu nu' l'àju datu. -

'A Madonna, povarella,

ni sentìu cumpassïoni;

e 'na notti, tutta bella

li cumparvi 'mmisïoni,

e li misi intra lu piettu,

friscu e brùnnulu 'nu jigliu,

e li dissi: — Stammi aspiettu,

ca ccussì tieni 'nu figliu. -

E biditi, appena appena

'nu misettu era passatu,

si trovàu la trippa piena

'e 'nu figliu affurtunatu.

'N capu pu' alli novi misi,

squacquaràu 'nu quatrariellu:

tutt' 'u cielu si nni risi,

ch'era trugliu e sciosciariellu.

Francischiellu tu nascisti,

Francischiellu ti chiamasti;

friscu friscu ti criscisti,

friscu friscu ed ordurasti.

Biellu cum' 'u suli 'e aprili,

quannu fa 'na bell'occhiata;

'a facciuzza era ghientili

cumu rosa scocculata.

'N capii 'a naca lu cantavanu

murri murri l'Angiulilli;

'na curuna li portavanu

'ntorniata tutt' 'e stilli.

E quanti' era pittirillu, 'a

Madonna bella bella

l'adacquatti lu mussillu

cullu latti 'e dâ minnella.

Si lu misi supr' 'i vrazza,

e facija: — Ninna-nonna!

Suonnu mia de lu Palazzu,

venitinni e mi l'assonna! -

Eccutì, ca 'n capu ad anni

si facìu 'nu masculuni;

si facetti 'ranni 'ranni,

si facetti furracchiuni.

Quietu cumu 'n Angiulicchiu,

e ligati li manuzzi,

si nni stava a 'nu grupicchiu,

e pregavanu 'i labbruzzi.

E pigliatu 'u Breviariu,

pu' l'officiu ci lejia;

e cantava lu risariu,

patrinnuosti e bemmarìi.

Chjini tutti d'allegrizza

si nni stavanu mamma e tata.

Oh, chi gioia e cuntentizza,

ca Franciscu era 'mpattatu!

Ma 'nu juornu tatarella

'u pigliatti pe' 'na manu;

e arrivati a 'na rasella,

li dicetti chianu chianu:

- Francischiellu, sienti, figliu,

sienti 'e pârta lu cunsigliu

c' àju mangiatu cchiù de tia,

sacciu 'a bona e la mala via.

Mo sî fattu gruossu e grassu,

e 'un cummèni stari a spassu:

cchiù nu' diri patrinnuosti,

ca si no, ti rumpu 'i cuosti.

Pe' nu' stari sempri 'n oziu,

pecchi 'unn armi 'nu negoziu?

Vinni, accatta, accatta e binni,

chianu chianu venitìnni:

ni facìmu 'nu trisuoru

tuttuquantu 'e argientu ed uoru.

Tu m'ha' 'ntisu, oi Franciscu:

s' 'u' m'ha' 'ntisu, ti sta' friscu,

pecchi pigliu 'nu tavusciu,

e ti fazzu musciu musciu. -

Sampranciscu stozza stozza

ni restàu tuttu sturdutu;

vucc' apiertu, cculla crozza

'un sapìa duv' era ghiutu.

Si facìa però la cruci

pe' 'un si pèrdari d'ardìri:

e cchiù tuostu de 'na nuci,

eccussì si misi a diri:

- Tata mia, guardami 'mprunti,

ca fa' troppu spari 'i cunti.

Gesù Cristu m'à allevatu

ccullu sangu 'e dù costatu,

e la bella Madonnella

ccullu latti 'e dâ minnella.

Iu 'u' buogliu fatigari,

ma li grazii m'acquistari,

e serbiennu ad ugne bia

Gesù Cristu ccu' Maria.

Chi vô stari a chissu munnu

shcoppa dintra lu perfunnu;

chi vô stari 'n allegrizza

à d'aviri scuntentizza;

e pe' chissu, tata mia,
'a fatiga 'u' fa pe' mia. -

Cumu 'Cìfaru sdingatu
'u pigliatti lu papà,
e li fici lu costatu...
tiritappi — tappità.

Tuttu misaru e dimìertu
Sampranciscu, povariellu,
si nni jetti a 'nu disìertu
a si fari monachiellu.

'A Madonna li dicìa:
- Lassa a mamma e lassa a tata;
venitinni appriessu 'e mia,
Francischiellu affurtunatu. -

Là si misi 'mpenitenza,
stava sempri gninocchiuni;
nè cucina, nè dispensa
li conzava lu fiascuni.

Si facìa 'na minestrella
'e radici e d'animali,

s' 'a mangiava a 'na scutella,

ma senz' uogliu e senza sali.

'Na minestra de spinàci,

'e vitarbi e de shcavìna,

'e lapristi e pastinachi,

'e finuocchi e paparini.

Sampranciscu, povariellu,

'unn avìa 'nu letticiellu;

senza fuocu 'un si scarfava,

senza panni ci 'ntrashcava.

Ugne sira setti parmi

misurava de terrinu;

pe' si fari sarba l'arma

si cci dava ccullu shchinu.

Ugne sira, ugne matina,

si facìa la darciprina,

darciprina a sangu ruttu

e battìa, e 'unn era abbuttu.

E gridava: — Ohi, Gesù Cristu,

tu campasti affrittu e tristu,

e macàri ti vinnìrunu

e de pazzu ti vestirunu.

Alla faccia ti sputarunu;

alla faccia ti minàrunu;

ti finìrunu cu' bìettura

e pua ti crucifiggìettiru.

Tuttu chissu tu soffristi,

tantu amaru ti vivisti,

pe' sarbari l'arma mia;

e iu chi fazzu mo pe' tia? -

E Franciscu dalli dalli,

senza cori e pïetà,

pe' li cùosti e pe' li spalli

tiritappi — tappità!

Là si fici 'nu santuni,

e ni jia la 'nnuminata;

a ugne pizzu, a ugne puntuni

ni parràvanu 'ncantati.

Supr' 'u mari, senza varca,

coraggiusu illu si 'mmarca;

e spanniennu lu mantiellu,

si nni fa 'nu guzzariellu;

e lu mari si fa chianu,

ch'assimiglia 'nu pantanu.

Là lu riccu 'mpovarisci,

là lu povaru arricchisci,

là cunsula sbenturati,

duna pani all'affamati;

va bestiennu 'ncudinuli,

va pe' l'aria, vula, vula...

Quannu pu' vicinu a morti,

vadi a perdari lu jatu,

coraggiusu, arditu e forti

si nni stava ammantellatu.

L'Angiulicchi lu cantavanu,

l'Angiulicchi 'u salutavanu

cu' biolini e cu catarri,

e facìanu zichi-zarri

e facìanu zichi-zu,

nua avanti e appriessu tu.

- Viva, dunca, Sampranciscu,

ch'allu cielu mo sta friscu

e si godi 'n allegrìa

Gesù Cristu ccu' Maria;

e pe' chilli bielli chiani

va ccull'Angiuli suprani,

chi salutanu ugne tantu

Patri, Figliu e Spiritu Santu.

Fammi a mia pu' stari buonu,

coraggiusu cumu truonu;

a 'ssa valli de doluri

fammi stari ccu baluri.

Liberarmi 'e terramoti

e de còlara e colera,

ca 'ssu populu è divotu,

'e bon cori e bona cera.

Fa' l'astati 'un sia chiovusu;

abb[o]nnànzia 'ncugna, 'ncugna:

ugne gregna sia gravusa,

chi jettassi 'na timugna.

Stissi buonu Munzignuri,

trugliu trugliu e tuttu bòfaru,

cumu sta 'nu mazzu 'e juri;
biellu cumu 'nu garofalu.

Fàlli chiòvari allegrizza,
abbunnànzïa a menzulla;
'e virtuti 'na catrizza,
fortarizza a frulla a Sulla.

Ed a mia, chi t'àju fattu
chissa bella canzunella,
fammi fari alla 'ntrasatta
chiattu chiattu culla pella.
Cchiù disgrazii 'u' mi mannari,
ch' 'u' nni puozzu supportari.

E ccu' Diu tu parramìcci,
perdicella 'na parola,
ca mi truovu a brutti 'mpicci,
cumu l'arma 'e Fra Nicola.

Sugnu chjinu de peccati
'nzing' a diri alli quazuni:
mi li pozza illu lavari
ccu' tri' grana de sapuni.

E ccussì, sempri sperannu,

mi rivientu santariellu;

'n capu pu' a quattrucient'anni,

mi nni viegnu biellu biellu

'm paravisu 'n cuollu a tia,

e bongiornu a Bussurìa!

'A rumanza àju finìtu;

vua l'aviti cumpatita.

A bua mo' cari signuri,

vi su' shcavu e serbituri.

Jativinni tutti santi;

e bongiornu a tutti quanti!

LA NOTTE DI NATALE

I.

E 'na vóta, mo v' 'a cuntu,

'E decembri era 'na sira:

'U Levanti s'era ghiuntu

Cu' Punenti, e tira tira,

Si scippavanu 'i capilli,

E 'nfugavanu li stilli.

Nìuru cumu 'na mappina

'U ciel'era, e spernuzzati

Cumu zìnzuli 'e cucina,

Jianu 'i nuvi spaventati;

E lu scuru a fella a fella

Si facìa cu' li curtella.

Quannu scàvuzu e spinnatu

E Sïonni pe' la via

Jia 'nu viecchiu arrisinatu,

Avìa 'n'ascia alla currìa:

Muortu 'e friddu e pòvar'era,

Ma omu e Diu parìa alla cera.

Tocca-pedi a lu vecchiottu,

Pe' la strata spara e scura,

Caminava 'ncammisuottu,

(For' maluocchiu!) 'na Signura

Cussi bella, cussi fatta,

Chi 'na stilla 'un si ci appatta.

'Nfaccia avìa 'na rosicella,

'A vuccuzza era 'n aniellu;

Ti parìa 'na zagarella

Russa 'e sita, 'u labbriciellu

Scocculatu e pittirillu,

Tali e quali 'nu jurillu.

Era prena 'a povarella,

Prena 'rossa, e ti movìa

Tunna tunna 'a trippicella,

Chi 'na varca ti parìa,

Quannu càrrica de 'ranu

Va pe' mari, chianu chianu.

O figlioli, chi 'mparàti

Ssa divota mia canzuni,

Via! 'i cappella vi cacciati,

Vi minditi gninocchiuni.

Chillu vìecchiu... e chi 'u' lu seppi?

Si chiamava San Giuseppi.

E la bella furracchiola,

Chi camìna appriessu ad illu,

Pe' b' 'u diri, 'un c'é parola,

Sugnu mutu pe' lu trillu...

Mo, de vua chi si la sonna?

Si chiamava la Madonna.

Pe' lu friddu e lu camìnu,

'A facciuzza l'era smorta.

'Nu palazzu c'è vicinu,

S'arricettanu alla porta;

Pu' — e tremavanu li manu -

Trocculìanu chianu chianu.

- Cannaruti! — li ricconi

Cancarìanu, e nu' rispunnu;

C'e 'n orduru 'e cosi boni,

'I piatta vanu 'ntunnu,

Ed arriva la fragasciu

D' 'i bicchèra fin'abbasciu.

- Tuppi-tuppi! —   — Chin'è lluocu? -

- E nu pòvaru stracquatu,

Senza liettu, senza fuocu,

Cu' la mugli a brultu statu.

Pe' Giacobbi e pe' Mosé,

'Nu riciettu, cca ci n'è? —

O figlioli, lu criditi?

Chillu riccu (chi li pozza

'U diàvulu' i muniti

'Ncaforchiari dintr' 'a vozza),

A 'nu corsu, chi tenia,

Dissi: — Acchiappa! Adissa! A tia! —

'A Madonna benadissi

Chilla casa; e allu maritu

- Jamuninni fora — dissi -

Mina 'i gammi, e statti citu -

Si ligâu lu muccaturu,

E si misi pe lu scuru.

Ma spattàrunu la via,

E cadíanu 'ntroppicuni:

Mo 'na sciolla si vidìa,

Mo 'na trempa e 'nu valluni:

Era l'aria propriu chiara

Cumu siettu de quadara.

Ni sentíu 'nu pisu all'arma

Tannu 'a luna virginella,

Quannu viddi chilla parma

De Signura cussì bella

'Intr' 'a zanca, 'mmulicata,

Senza mai trovari strata.

E cacciannu 'a capu fora

De 'na nuvi, chi lu vientu

Fici a piezzi, la ristora,

Cielu e terra fu 'n argientu;

L'allucìu tutta la via.

E li dissi: Avi Maria! —

Pe' lu cielu, a milli a milli,

A' na botta, s'appicciàru.

S'allumarunu li stilli,

Cumu torci de 'n ataru:

E si 'n acu ti cadìa,

Tu l'aXavi 'mmìenzu 'a via.

C era là, ma allu stramanu,

Fatta 'e crita e de jinostra,

'Na casella de gualanu

Ch'allu lustru s'addimostra:

Spuntillarunu lu vetti,

E la porta s'apiretti.

San Giuseppi, c'ha lu mantu,

Si lu sgancia 'nfretta 'nfretta,

Ci lu spánnidi a 'nu cantu,

'A Madonna si ci assetta;

E li scùoccula vicinu

D'ugne juri 'nu vurbinu.

Supr' 'u cori 'na manuzza

Si tenia, pecchì era stanca;

Appoggiava la capuzza

Chianu chianu supr' 'a manca;

Pua, stennìennu li jinuocchi,

Quieti quieti chiusi l'uocchi.

Era aperta, e 'nu granatu

'A vuccuzza assimigliava,

Ordurusu escìa lu jatu,

Chi lu munnu arricrïava,

Cullu cuorpu illa dormìa;

Ma cull'arma 'ncielu jia.

Culla menti Illa si sonna

D'arrivari 'mparavisu;

Senti diri: "E la Madonna!

Chi sbrannuri c'à allu visu!"

Santi ed Angiuli li pari

Ca s' 'a vùolunu 'mpesari.

E la portanu vicinu

D' 'u Signuri, e lu Signuri

Si scippava de lu sinu

Pròpriu 'u figliu, e cud'amuri

Ci 'u dunau cumu 'nu milu,

E li dissi: — Tenitilu! —

- Ma tramenti chi si sonna,

Pe' lu prieju e pe' lu trillu,

Si risbiglia la Madonna

E si guarda, e lu milillu

Va truvannu, chi l'è statu

'Intra suonnu rigalatu.

Eccutì, ca biellu biellu,

'Ncavarcatu supr' à gamma,

Si trovau lu Bomminiellu,

Chi shcamava: Mamma! Mamma -

Vïata Illa, affurtunata!

'Intra suonnu era figliata...

Cà, cum'esci 'na preghiera

De la vucca de li santi,

Cussì 'u figliu esciutu l'era

Senza dogli a chillu 'stanti,

Cum'ordori 'e rosi e midi

Esci, ed èsciari 'un sì vidi.

Illa 'u guarda, e gninocchiuni

Tutt'avanti li cadìa;

L'aduràu: pu' 'na canzuni,

Chi d' 'u cori li venìa,

Pe' lu fari addurmentari,

'Ngignàu sùbitu a cantari.

II.

Duormi; bellizza mia, duormi e riposa,

Chiudi 'a vuccuzza chi pari 'na rosa,

Duormi scuitàtu, cà ti guardu iu,

Zuccaru miu.

Duormi, e chiudi l'occhiuzzu tunnu tunnu;

Cà quannu duormi tu, dormi lu munnu;

Cà lu munnu è de tia lu serbituri,

Tu sì 'u signuri.

Dormi lu mari, e dormi la timpesta,

Dormi lu vientu e dormi la furesta,

E puru 'intra lu 'nfiernu lu dannatu

Sta riposatu.

Ti tiegnu 'mbrazza, e sientu 'na paura;

Cà Tu si Diu, ed iu sugnu criatura,

E mi sguilla allu sinu, e vò 'nfassatu

Chi m'à cnatu.

Occhiuzzi scippa-cori, jativìnni!

'U' mi guardati, cà fazzu li pinni. '

Na vuci 'nterna, chi la sientu iu sula,

Mi dici: Vula!

'A ninna 'e ss'uocchi tua m'ardi e m'abbaglia;

Tutta l'anima mia trema e ti squaglia:

Canta cum' 'u cardillu, e ascìri fori

Mi vô lu cori.

Ti viju dintra l'uocchi 'n autru munnu,

Ci viju 'n autru Paravisu 'n funnu:

Sientu 'na cosa, chi mi fa moriri,

Nè si pò diri.

Chiudili, biellu, pe' pietà, e riposa;

Chiudi 'a vuccuzza chi pari 'na rosa:

Duormi scuitàtu, cà ti guardu iu,

Zùccaru miu.

U suannu è ghhiutu a cògliari jurilli,

Pe' fari 'na curuna a 'ssi capilli;

E 'ssa vuccuzza 'e milu cannameli

T'unta cu' meli.

Cu' 'n acu 'mmanu è ghiutu supr' 'a luna

A cùsari li stilli ad una, ad una;

Pu' ti li mindi 'n canna pe ghiannacca,

E ci l'attacca.

Chi sîti mo venuti a fari lluocu,

Angiuli 'e Diu, cu' chilli scilli 'e fuocu?

Mi voliti arrobbari 'u figliu miu,

Angiuli 'e Diu?

Cantati, sì; ma 'n cielu 'u' b' 'u chiamati:

Aduratilu, sì; ma 'u' b' 'u pigliati:

E Tu, bellizza, 'un fùjari cu' loru;

Si no, mi muoru.

Statti, trisuoru mia, cu mamma tua;

Mo chi ti tiegnu, nenti vuogliu cchiùa;

Cu' Tia vuogliu lu munnu caminari

Sempri, e cantàri;

E diri a tutti: Chissu è Figliu miu;

'A mamma è povarella, 'u figliu è Diu:

D'u cielu m'è shcoppatu 'ssu Bomminu

'Intra lu sinu. -

Ma ch'àju dittu? E nun sacciu iu lu riestu?

T'ammucciu 'mpiettu, o Figliu mia, cchiu priestu:

U munnu è malandrinu!, e si t'appura,

Oh, chi sbentura!

Pe' 'ssi capilli tua crìscinu spini,

E pe' 'nchiovàri 'ssi jidita fini,

Piensu c' 'a forgia mo vatti, e nun sa

Chillu chi fa.

'A sienti dintr' 'u vuoshcu Tu'ssa vuci?

Nun è lu vientu no chi si ci 'nfuci:

È la cerza chi grida "'U lignu miu

Cruci è de Diu!"

Ah, nun chiàngiari, no! Pecchì o Bomminu,

Mi triemi cumu 'na rínnina 'n sinu?

Pe' mo, duormi scuitàtu: tannu, pua

C'è mamma tua.

Supra li vrazza mia, supr' 'i jinuocchi

Zumpa, âza 'a capu, de apirelli l'uocchi.

Quantu sì biellu! Chi ghiurillu spasu!

Dammi 'nu vasu! -

III.

Cussi cantava 'a Vergini Maria,

E nazzicava chillu quatrariellu.

'U cielu vasciu vasciu si facìa,

Asuliannu a chillu cantu biellu:

Abballava la terra, e si movìa,

Mustrannu tuttu virdi la mantiellu,

E lu vientu si stava accappottatu,

Gridannu dintr' 'u vuoshcu: — E nutu! È natu! -

Ugne jumi portava 'na chjinera,

Chi d'uoglìu, chi de latti e chi de vinu.

Meli e farina escìa d' 'i cerzi, ed era

Càrricu 'e juri 'nsinc' a diri 'u spinu;

E tornata parìa la primavera,

Scotuliannu tutt' 'u vantisinu;

'A vita fici l'uva, 'u 'ranu 'i spichi,

E li shcattilli si facèru fichi.

'U portuni d' 'u cielu spalancarû,

E cu' 'nu strusciu forti, e cu' 'nu vientu

Quattru truoppi d'Arcangiuli calarù

'E 'na bellizza, ch'era 'nu spavientu:

A leghe a leghe, supra lu pagliaru

Teniennusi pe' manu, a cientu a cientu,

Si mìsìru a cantari cullu suonu:

"Sia grolia ad Illu, e paci all'omu buonu!"

A chillu forti gridu, allu sbrannùri,

Chi l'Angiuli spannìanu, allu paìsi,

Sùbitu si scitasunu 'i pasturi,

'I massari, 'i curàtuli, 'i furisi.

Vìdinu li campagni no' chiù scuri,

Supra li munti vìdinu 'i lucisi;

Sientû sonari suli 'i ceramelli,

E ballari muntuni e pecurelli,

E ognunu si restava 'ncitrulatu,

E culla manu l'uocchi si spracchiava;

Ma 'n Angiulu passannu dissi: — È natu,

E natu chillu Diu, chi s'aspettava. —

Allura chi bidisti? 'Mpaparatu

Ognunu pe' la via s'azzummullava.

Chi canta e balla, e chi senza pensieru

Facìa culla sampugna: Lleru! Lleru! —

Chi porta 'na sciungata, o 'na fiscella,

Chi 'nu rinusu e chini 'nu crapiettu:

Scammisata fujìa lu furisella

Cu' quattru cucchia d'ova dintr' 'u piettu;

E appriessu li currìa la figlicella.

Chi 'nculinuda si jettàu d' 'u liettu:

Pe' l'allegrizza, li shcoppa lu chiantu,

E porta 'nu galluzzu 'e primu cantu.

Ed iu, belli quatrári, iu puru tannu

'Nfrattari mi volìa cull'autra genti;

Ma chilla jia 'ncollata, ed iu, malunnu!

Iu sulu nun avìa li cumprimienti.

Mi jivi 'a mariola scalïannu,

M'avìa boglia 'e merari! 'un' e' era nenti.

Chi fici poca? Fici 'sta canzuna,

E Ghiesullu mi dèzi 'na curuna.